AW

Adelhard Winzer, geboren in Karlshuld/Bayern, verbrachte die ersten Kinderjahre auf dem Bauernhof seines Onkels, Mitbegründer verschiedener Bands, Reisen durch Europa, Kinderbuchveröffentlichung „Andreas", Georg Lentz Verlag, München, Bankangestellter, Bankkaufmann, intensive Schreib- und Zeichentätigkeit, Ausstellungen in Neuburg an der Donau, München und Umgebung, zwei Stücke im Cantus Theaterverlag, Eschach: „Krethi und Plethi" – „Das Korkenspiel", weitere Buchveröffentlichungen: „Die Sprachgrenze" – „Lügengeschichten" – „Stockholm Blues" – „Hundert Zeichnungen" – „Grundsätze über die Kunst" – „Andreas (Reprint)" – „33 Computer-Zeichnungen" – „Venedig, von hier aus" – „Der Pensionist" – „Italienische Skizzen" – „Die kürzeste Liebesgeschichte der Welt" – „Die Kunst des Drachentötens" – „Liebes, böses Kind" – „Lieblose Zeiten", BoD – Books on Demand, Norderstedt, lebt im Chiemgau.

ADELHARD
WINZER
MARATONGA
Ein Traumspiel

Bibliografische Information der
Deutschen Nationalbibliothek: Die Deutsche
Nationalbibliothek verzeichnet diese Publikation
in der Deutschen Nationalbibliografie. Detaillierte
bibliografische Daten sind im Internet über
http://dnb.dnb.de abrufbar.

Herstellung und Verlag:
BoD – Books on Demand, Norderstedt
Umschlagzeichnung:
Adelhard Winzer

ISBN 978-3-751993920

MARATONGA

Personen

MARISA
MAXIMILIAN
GASTWIRT
MODEL

*Ein Mann und eine Frau treffen sich nach
jahrzehntelanger Trennung wieder, sie
erzählen davon, wie und wo sie ihre Zeit
ohneeinander verbracht haben, was sie
gesehen, erlebt und empfunden haben
dabei. Sie vertrauen sich Geheimnisse an,
gehen gemeinsam zum Essen, betrachten
alte Fotoalben, erzählen von den
unwiederbringlichen Zeiten, aber auch
vom Heute, das ihnen leer und zukunftslos
erscheint. Ein Traumspiel von Liebe,
Freundschaft, Sehnsucht und Tod.*

Erster Akt

Lichtdurchfluteter Raum, spärlich eingerichtet. Ein Tisch, ein paar Stühle, offener Schuhschrank. Großes, gekipptes Fenster an der Seite, Tür im Hintergrund. Marisa, attraktive Frau in den besten Jahren, wird nach einer Fußoperation von Maximilian besucht. Während sie langsam auf den Schuhschrank zugeht, erscheint Maximilian in der Tür, mittelgroß, schlank, leicht ergrautes Haar.

MAXIMILIAN: *zögernd* Marisa?

Marisa reagiert nicht.

MAXIMILIAN: *laut* Hallo – Marisa!

MARISA: *dreht sich langsam um* Maximilian?

Maximilian hebt einen Arm.

MARISA: Ah, da bist du ja!

Maximilian und Marisa gehen freudig aufeinander zu.

MAXIMILIAN: *bleibt noch einmal stehen, betrachtet Marisa* Hey, du gehst ja schon ganz schön!

MARISA: Gell.

MAXIMILIAN: Und gut siehst du aus!

MARISA: Ach, du hast mich ja noch gar nicht angeschaut.

MAXIMILIAN: Doch, du leuchtest ja direkt.

MARISA: Ich leuchte? Jaja, ich mag immer glänzen! *Mit geschlossenen Augen.* Lebe ich noch?

Maximilian reicht Marisa eine Pralinenschachtel, die er hinter seinem Rücken versteckt hat.

MARISA: Oh, danke schön!

MAXIMILIAN: *mit ausgebreiteten Armen* Bitteschön!

Marisa geht leicht hinkend mit den Pralinen an den Tisch.

Maximilian lässt die Arme fallen.

MARISA: *legt die Pralinen auf den Tisch* Meine Krücke fehlt, die habe ich immer irgendwo.

MAXIMILIAN: Du gehst schon ohne. Freust du dich – oder?

MARISA: Ja, und wie, ich bin ganz selig und glücklich!

MAXIMILIAN: Wunderbar, und welcher ist es?

Marisa deutete mit der Hand auf ihren linken Fuß.

MAXIMILIAN: Noch Schmerzen?

Marisa schüttelte abwägend den Kopf.

MAXIMILIAN: *geht interessiert hin und her* Sonnenseite, so hab ich das Haus in Erinnerung. Hier war es immer schön als Kind, das weiß ich noch!

Maximilian bleibt neben Marisa stehen.

MARISA: Was du noch alles weißt?

MAXIMILIAN: Ja, ich weiß noch sehr viel.

MARISA: Wie unser Genie.

MAXIMILIAN: Nein, das Genie weiß alles, und doch nichts.

MARISA: Wer Geburtstag hat und Namenstag, wer wann geheiratet hat, wer gestorben ist, um Himmelswillen!

MAXIMILIAN: Nein, bei mir sind es Erinnerungen, Onkel und Tanten, Cousinen.

Pause.

MARISA: *betrachtet Maximilian* Du siehst gut aus mit deinem Schneckerlkopf!

MAXIMILIAN: Meinst du, ja? Grau ist wieder in. *Lächelt.* Was wolltest du vorhin eigentlich machen, hab ich dich von irgendwas abgehalten?

MARISA: Nein, ich wollte gerade? *Knickt mit dem Fuß ein.*

MAXIMILIAN: *hält sie fest* Langsam.

MARISA: *befreite sich wieder* Danke, es geht schon!

Pause.

MARISA: *geht schrittweise auf den Schuhschrank zu* Ich hab mir gerade gedacht, was nehme ich bloß für Schuhe. *Bleibt stehen.* Die da, oder flache?

MAXIMILIAN: Die dir am besten passen, würde ich sagen.

MARISA: *unsicher* Die?

Pause.

MARISA: Nein, doch die? *Setzte sich auf den Stuhl, der neben dem Schuhschrank steht.*

MAXIMILIAN: *geht zu Marisa* Fahren wir dann?

MARISA: Wenn du willst. *Sie zeigt ein rotes Paar.* Die? *Betrachtet nachdenklich ihre Schuhe.* Meinst du, dass wir fahren sollen?

Pause.

MAXIMILIAN: Ja, wenn du meinst.

Pause.

MARISA: Wir können gleich fahren, dann!

Pause.

MARISA: Gefallen dir die Schuhe?

Pause.

MAXIMILIAN: Ja!

Pause.

MARISA: Ich habe mir gedacht, beim Alten Wirt, da gibt es jeden Tag Mittagstisch.

MAXIMILIAN: Alter Wirt, wo ist der gleich wieder?

MARISA: Neben dem Friedhof, wo sich die Leute immer nach der Beerdigung treffen!

MAXIMILIAN: Wo?

MARISA: Erinnere dich – Vati und Mutti!

MAXIMILIAN: Wann sind die eigentlich gestorben?

MARISA: Frag einfach das Genie!

MAXIMILIAN: Nein, das tue ich mir nicht an.

Marisa steht auf, versucht in die roten Schuhe zu schlüpfen.

MAXIMILIAN: Passen sie nicht?

MARISA: *setzt sich* Mir werden alle Schuhe zu groß. Hilfst du mir?

Maximilian geht vor Marisa in die Knie und bindet ihr die Schuhe.

MARISA: *sich entschuldigend* Nur damit sie richtig sitzen.

MAXIMILIAN: *streicht mit der Hand über Marisas Fußfessel* Passt!

MARISA: *nachdenklich* Gestern war ich in der Stadt und hab mir ein neues Paar Schuhe gekauft.

Pause.

MARISA: Verrückt, gell?

MAXIMILIAN: Nein, wieso?

MARISA: Ich hab mir gedacht, jetzt kaufe ich mir ein Paar rote Schuhe!

Pause.

MAXIMILIAN: *bewundernd zu Marisa aufblickend* Marisa, du bist schön.

Pause.

MARISA: Aber nicht mehr beweglich, du musst mir schon in die Schuhe helfen. So was gab es früher nicht bei mir.

MAXIMILIAN: *steht auf* Am Rathausplatz gibt

es jetzt eine große Ampel, und jede Menge Halteverbote, dass man nicht mehr parken kann. Das gab es früher auch nicht!

MARISA: Woher weißt du das?

MAXIMILIAN: Bevor ich zu dir gefahren bin, hab ich mir Spargel gekauft.

MARISA: Und warum bist du nicht gleich zu mir gekommen?

MAXIMILIAN: Ich hab mir gedacht, ich fahre schnell noch zum Günter.

MARISA: *steht langsam auf, macht einen Schritt* Günter, muss ich den kennen?

MAXIMILIAN: Vielleicht gibt es ihn gar nicht mehr?

Pause.

MAXIMILIAN: Dann kam mir der Gedanke mit dem Spargel.

Marisa setzt sich wieder.

MAXIMILIAN: *betrachtet Marisas Schuhe*
Alles in Ordnung?

MARISA: Das wird sich noch zeigen.

MAXIMILIAN: Ich bin ein paarmal
im Kreis gefahren, hab das Auto ins
Halteverbot gestellt. Dann schleppt mich
doch ab, hab ich gedacht, und bin zu Fuß
weitergegangen.

Pause.

MAXIMILIAN: Das Geschäft von Günter gibt
es aber nicht mehr. Ein gewisser Maier hat den
Laden dichtgemacht. Jedenfalls hängt da so ein
vergilbter Zettel an der Ladentüre.

Pause.

MARISA: Wo ist denn dein Wagen, hast du ihn
nicht in meine Garage gestellt?

MAXIMILIAN: Auf dem Weg zu dir hab ich
schon von weitem gesehen, dass die Garage
offen steht, aber dann hab ich mir gedacht, lieber
nicht, sonst werde ich geschimpft.

MARISA: Wenn wir zurück sind, stellst du den Wagen in die Garage. *Schmunzelnd.* Sonst wirst du wirklich geschimpft!

MAXIMILIAN: Fahren wir?

MARISA: *sich umblickend* Brauchen wir einen Schirm?

MAXIMILIAN: Das glaube ich nicht.

Marisa steht auf und geht ans Fenster.

MAXIMILIAN: *besorgt* Nicht so schnell.

Marisa versucht das Fenster zu schließen.

MAXIMILIAN: Funktioniert es nicht?

MARISA: Das wäre ja noch schöner!

MAXIMILIAN: *hilft Marisa* Ein stabiles Fenster, was!

MARISA: *fängt zu lachen an* Ja, das haben ich und Karl eingebaut, als Klaus in Urlaub war!

MAXIMILIAN: *vielsagend* Ja, ja! Mit dem warst du im Maratonga, ich weiß.

MARISA: *geht langsam zum Schuhschrank zurück* Wo war ich?

MAXIMILIAN: *folgt Marisa* Ich und Rita waren dabei.

MARISA: *setzt sich wieder auf den Stuhl* Das Lokal heißt anders.

MAXIMILIAN: *bleibt neben Marisa stehen* MARATONGA.

Pause.

MARISA: Nein, jetzt weiß ich es wieder – CANTERVILLE!

MAXIMILIAN: Da warst du mit deinem Karl beim Tanzen. Oder war es ein anderer? Jedenfalls hat er mit dir getanzt, dass wir glaubten, er bringt dich um.

MARISA: Ich weiß, der hat mich fast auf den Boden gelegt, aber ich habe vollstes Vertrauen gehabt. Der hat TANZEN können!

Pause.

MARISA: Meine Männer sind alle große Tänzer gewesen, von Klaus angefangen, bis zum Michael!

MAXIMILIAN: So einer war ich nie.

MARISA: Was warst du nie?

MAXIMILIAN: Ich war nie ein Tänzer, ich war immer Musikant. Der Mann auf der Bühne. Ich habe gespielt.

MARISA: Aber viele Musiker können es!

MAXIMILIAN: Man kann nicht sagen, das jeder Musiker ein guter Tänzer ist.

MARISA: Aber tanzen kannst du doch, oder?

MAXIMILIAN: Ja, mehr schlecht als recht.

Pause.

MARISA: Wieviel hast du eigentlich für den Spargel ausgegeben?

MAXIMILIAN: Das weiß ich nicht mehr. Egal, was er kostet, hab ich gesagt, geben Sie mir den besten.

Pause.

MARISA: *nachdenklich* Weißt du es schon –

Pause.

MARISA: *sich korrigierend* Nein, du kannst es ja noch gar nicht wissen!

MAXIMILIAN: Was?

MARISA: Eberhard ist gestorben.

MAXIMILIAN: *geschockt* O Gott! Dabei hab ich versprochen, ihn auf dem Rückweg zu besuchen!

MARISA: Am Freitag ist er eingeschlafen.

MAXIMILIAN: Weißt du überhaupt, wo ich wohne, hat er gefragt.

MARISA: Er ist nur noch vor dem Fernseher

gesessen. Hat geraucht und geraucht.

MAXIMILIAN: *leise* Weißt du überhaupt, wo ich wohne?

Marisa und Maximilian schauen sich betroffen an.

Maximilian geht ans Fenster, bleibt stehen.

MARISA: *mit geschlossenen Augen* Nächste Woche ist Beisetzung.

Maximilian kehrt zu Marisa zurück, legt seinen Arm um sie.

MARISA: Das ist alles so traurig.

Pause.

MAXIMILIAN: Ja.

Pause.

MARISA: Wann warst du eigentlich das letzte Mal bei mir?

Pause.

MAXIMILIAN: Ich glaube, das war wegen der Schallplatten.

Pause.

MARISA: Welche Schallplatten?

Pause.

MAXIMILIAN: Die Schallplatten von meinem Vater. Als er gestorben ist, hat mich das Genie immer genervt: Weißt du nicht, dass wir als Kinder darauf getanzt haben? Nein, nie im Leben, hab ich gesagt. Doch, du musst unbedingt Marisa besuchen, die hat noch ein paar Schallplatten von ihm!

Pause.

MAXIMILIAN: Zwei Singles haben wir im Keller gefunden. Mit dem Namenszug meines Vaters. Ich glaube, damals haben wir uns zum letzten Mal gesehen.

Pause.

MARISA: *steht auf, dreht sich im Kreis* Schau,

ich kann es schon wieder.

MAXIMILIAN: Ah, sehr schön!

Marisa geht hinter den Schuhschrank, kehrt mit einem Fotoalbum zurück, bleibt vor Maximilian stehen.

MAXIMILIAN: *überrascht* Jetzt merke ich erst, wie gut dir das Kleid steht!

MARISA: *geht langsam auf den Tisch zu* Ja?

Pause.

MARISA: *bleibt stehen* Das habe ich auch in Schwarz. Das werde ich zur Beerdigung tragen. *Boshaft.* Dann bekomme ich das Geschau!

MAXIMILIAN: Willst du das?

MARISA: *setzt sich an den Tisch* Es würde mir nichts ausmachen!

Maximilian nimmt neben Marisa Platz.

MARISA: *ihr Fotoalbum betrachtend* Oft sitze ich hier ganz allein.

MAXIMILIAN: Muss ich das glauben?

MARISA: *mit einem Finger über Maximilians Handrücken streichend* Ich freue mich, dass du da bist!

MAXIMILIAN: *leicht erregt* Ja?

Pause.

MARISA: *gedankenverloren* Die möchten jetzt vor dem Haus eine breite Umgehungsstraße bauen, die ganze Natur kaputtmachen, die Idioten. Wenn ich nicht mehr hier bin, könnt Ihr es ruhig machen, hab ich gesagt. Aber die machen, was sie wollen!

Pause.

MAXIMILIAN: *zerstreut* Ich glaube, ich habe auch wenig Freunde. Nur einmal hat mich eine Frau geliebt. Aber da war ich noch zu jung für eine Bindung.

Pause.

MAXIMILIAN: Wir haben uns immer erst

abends getroffen. Ich war ihr Mäuserich. *Lachend.* Jeden Tag habe ich auf ihren Anruf gewartet: Hallo Mäuserich, hast du Zeit? *Leicht verschämt.* Sie hat mich wirklich geliebt. Das wurde mir aber erst später bewusst!

MARISA: Ich bin in meine Affären auch nur so reingeschlittert.

Pause.

MARISA: Klaus war der erste. *Grinst.* Der richtig tanzen konnte!

Pause.

MAXIMILIAN: Dafür war ich als Musiker frei und ungebunden.

Pause.

MARISA: *öffnet das Fotoalbum* Schau, hier bin ich Brautjungfer. *Schmunzelt.* Die Leute auf der Hochzeit haben alle gesagt, wo kommt denn das hübsche Mädchen her? *Weiterblätternd.* Und das ist Manfred – mein erster Freund!

Maximilian betrachtet das Foto.

MARISA: Erkennst du ihn?

MAXIMILIAN: Ja! Ihr wart das Traumpaar für mich.

Pause.

MAXIMILIAN: Aber dann hast du plötzlich Schluss gemacht mit ihm – warum eigentlich?

MARISA: Du wirst es nicht glauben, vor ein paar Wochen war ich beim Orthopäden im Wartezimmer. Ich musste nießen und der Mann neben mir sagte: Gesundheit! Er war vor mir dran, und als er zurückkahm, fragte ich: Bist du vielleicht der Manfred? Daraufhin sagte er: Meine Güte, Marisa! *Fängt laut zu lachen an.*

Pause.

MARISA: Die Mutti hat den Manfred gerne gehabt. Das Manfredl, hat sie immer gesagt. Das war ihr MANFREDL!

MAXIMILIAN: Für mich war er ein Vorbild, und auf Anhieb sympathisch! Mein Vater hat sich ja nie um mich gekümmert. Ich habe immer jemanden gesucht, zu dem ich aufschauen konnte.

MARISA: Mein Vati hat nur gearbeitet, keine anderen Interessen gehabt. Und wenn, ging es nur um Politik. Aber das hat meine Mutti nicht gemocht, dieses Politisieren. Da ist er oft laut geworden, das wollte sie nicht.

Pause.

MARISA: Wenn es heute im Fernsehen so ausgeflippt zugeht, schalte ich aus, das mag ich auch nicht, dieses Laute und Überdrehte.

Pause.

MARISA: Wie geht es eigentlich deiner Rita?

Maximilian blickt verlegen zur Seite.

MARISA: Willst du es mir nicht sagen?

MAXIMILIAN: *ergeben* Sie opfert sich auf für die Kinder, weil sie in der Schule nicht mitkommen! Will ich dann auch noch was

sagen, heißt es nur: BITTE, HALTE DU DICH
DA RAUS!

Pause.

MAXIMILIAN: *kleinlaut* Immer wieder fangen
wir zu streiten an, dass ich manchmal denke:
Wie schön könnte mein Leben sein mit einer
anderen Frau.

MARISA: So was denkst du?

MAXIMILIAN: Manchmal, ja!

MARISA: *sich langsam im Stuhl aufrichtend* Ich
hätte es auch anders machen sollen. Viel früher
weggehen von Klaus.

Pause.

MARISA: Ich habe eine Freundin, die sagt,
drei Tage Urlaub reichen mir. Aber mir kann
es gar nicht lange genug dauern. Heute könnte
ich acht Wochen fort sein und ich bekäme kein
Heimweh.

MAXIMILIAN: Ich glaube, das hast du von
deiner Mutti. Da haben die Leute auch gesagt,

schau, sie ist schon wieder fort! Mit so einem spöttischen Unterton, fast neidisch: Sie ist schon wieder AUF ERHOLUNG!

MARISA: *einen Fuß über den anderen legend* Ich war auch auf Erholung, dann habe ich Klaus kennengelernt.

MAXIMILIAN: *Marisas Fuß betrachtend* Wie gut du ihn schon bewegen kannst.

MARISA: *vorsichtig ihr Bein anhebend* Dafür habe ich jetzt eine Laufmasche!

Pause.

MAXIMILIAN: Wie war das gleich wieder mit den Laufmaschen?

MARISA: Nagellack haben wir verwendet. Wir wollten doch sexy aussehen!

Pause.

MARISA: Wir haben uns oft gebückt, um unsere Seidenstrümpfe zurechtzurücken, insgeheim gehofft, dass uns die Männer begehrliche Blicke zuwerfen.

Pause.

MARISA: *blättert weiter* Hier ist meine Mutti, in jungen Jahren!

MAXIMILIAN: Und wer ist das neben ihr?

MARISA: Das Genie.

MAXIMILIAN: Nein!

MARISA: Doch, das Genie hat immer mit den Fingern geschnalzt, wollte uns zeigen, dass es gescheiter ist als wir. Und das war es auch. Ich habe nur Zweier und Dreier im Zeugnis gehabt, aber das Genie lauter Einser.

MAXIMILIAN: Von wegen – Einser mit Stern waren das!

Pause.

MARISA: Hier sitzt das Omale auf der Bank unter dem Kastanienbaum.

MAXIMILIAN: Du meinst die Oma?

MARISA: Ja, das Genie hat sich immer geärgert, wenn ich zur Oma Omale gesagt habe. Aber für mich war es das Omale.

Pause.

MAXIMILIAN: Und wer ist das Mädchen neben dem Sportwagen?

MARISA: *verärgert* Als Klaus das Foto zum ersten Mal gesehen hat, hat er geeifert! Das hat doch nichts mit mir zu tun, hab ich gesagt, ich stehe da bloß als Zierde!

Pause.

MARISA: *weiterblätternd* Hier siehst du den Kastanienbaum in voller Blüte!

Pause.

MAXIMILIAN: Unter dem Kastanienbaum hat mein Vater oft Akkordeon gespielt.

Pause.

MARISA: Ja, genau. *Beginnt zu singen.* MEIN HUT, DER HAT DREI LÖCHER, DREI LÖCHER HAT MEIN HUT!

MAXIMILIAN: UND HÄTT ER NICHT DREI LÖCHER, DANN WÄRS AUCH NICHT MEIN HUT!

Maximilian und Marisa fangen zu lachen an.

MARISA: Das ist Manfred, nochmal!

Pause.

MARISA: Da, und da.

Pause.

MARISA: Und da auch!

Pause.

MARISA: Das MANFREDL!

Pause.

MARISA: Hier bin ich trotzig. Das konnte

33

ich sein. Da war ich mit Manfred an einem
See. Das hat bestimmt Mutti fotografiert –
weil den MANFREDL, den hat sie ja
geliebt!

Pause.

MARISA: Hier bin ich nochmal, mit
Mutti.

Pause.

MAXIMILIAN: Genau so habe ich dich in
Erinnerung.

MARISA: Wie?

Pause.

MAXIMILIAN: Mit so einem freien, offenen
Blick!

Pause.

MARISA: *schmunzelnd* Hier trage ich zum
ersten Mal einen Büstenhalter.

Pause.

MARISA: Wie sehe ich aus?

MAXIMILIAN: *durch die Zähne pfeifend*
Scharf!

MARISA: Das darfst aber nur du
sagen.

Pause.

MARISA: *weiterblätternd* Kennst du dieses
Foto?

Pause.

MAXIMILIAN: *verbittert* Oh, ja!

Pause.

MAXIMILIAN: *steht auf* Auch wenn ich mit
den Eltern inzwischen Frieden geschlossen habe.
Aber das war der große Geburtstag meiner
Mutter! Sie wollte unbedingt, dass ich komme,
dabei war schon alles abgekartet. Ich weigerte
mich, aber sie flehte mich an: Was werden
die Gäste denken – WENN NICHT EINMAL
DER EIGENE SOHN DABEI IST! So ließ

ich mich überreden.

Pause.

MAXIMILIAN: Die Geschenke
standen aufgereiht auf einem Tisch
in der Wirtschaft. Kuchen und Torten,
Blumengebinde. Am Schluss hat es
geschüttet wie aus Kübeln, aber die
scheinheiligen Brüder haben ihr nicht
geholfen. Nur Rita und ich haben
die Geschenke ins Auto getragen,
bei ihr zu Hause wieder ausgeladen.
Ich glaube, zwanzigmal sind wir im
Regen hin und her gelaufen!

MARISA: Und das weißt du noch
alles?

Pause.

MAXIMILIAN: Das werde ich auch nie
vergessen!

Pause.

MAXIMILIAN: Eine Woche später habe ich
einen Mord geträumt.

Pause.

MAXIMILIAN: Einen Mord ohne
Mörder.

Pause.

MAXIMILIAN: Das Urteil lautete:
Lebenslängliches Schweigen.

Pause.

MAXIMILIAN: Schweigen über den Tod
hinaus!

Marisa steht auf, drückt Maximilian an sich.

MAXIMILIAN: *mit geschlossenen Augen* Wo
bin ich?

MARISA: Bei mir!

*Maximilian befreit sich, geht mit ausgestreckten
Armen umher.*

MARISA: Mehr links.

Maximilian bleibt stehen.

MARISA: Nein, rechts.

Maximilian dreht sich im Kreis.

MARISA: *lachend* Hallo!

Maximilian geht weiter.

MARISA: *fordernd* Jetzt komm
endlich.

*Maximilian bleibt tastend vor Marisa
stehen.*

MARISA: *streng* Maximilian!

Pause.

MAXIMILIAN: *verspielt* Das darf uns nicht
mehr passieren.

Pause.

MARISA: Nein?

Pause.

MAXIMILIAN: Nie mehr.

Pause.

MARISA: Schwöre.

Pause.

MAXIMILIAN: *lächelnd* Ich schwöre!

Marisa und Maximilian umarmen sich.

Vorhang.

Zweiter Akt

*Holzgetäfelter Nebenraum in einer Wirtschaft.
Marisa und Maximilian sitzen allein an einem
Tisch. Im Hintergrund eine Theke, Whisky-,
Cognac- und Sektflaschen. An der Wand eine
Tafel mit der Aufschrift HEUTE FRISCHER
SPARGEL!*

MAXIMILIAN: Hier war ich schon mal.

MARISA: Du erinnerst dich?

MAXIMILIAN: *sich umblickend* Es sieht alles
noch aus wie früher.

Pause.

MARISA: Die hören jetzt auf, aber ich weiß
nicht, ob sie schon einen Nachfolger haben.

Gastwirt erscheint im Hintergrund.

MARISA: *erklärend* Das ist der Chef!

Maximilian rückt näher an Marisa heran.

Gastwirt verschwindet.

MARISA: *verwundert* Was ist?

MAXIMILIAN: *leicht verkrampft* Marisa –

Pause.

MAXIMILIAN: ich möchte mich bei dir bedanken.

Pause.

MARISA: Für was?

Pause.

MAXIMILIAN: Weil du mich eingeladen hast. Als ich überhaupt nicht mehr weiterwusste –

MARISA: *ihren Zeigefinger an Maximilians Mund haltend* Es war alles richtig, was du gemacht hast.

Pause.

MARISA: Man darf sich nicht alles gefallen lassen.

MAXIMILIAN: Ja.

Pause.

MARISA: *reicht Maximilian die Hand* Es ist alles in Ordnung.

Pause.

MAXIMILIAN: *gelöst* Du bist lieb.

Pause.

MARISA: *schmunzelnd* Schon recht, mein Bub.

Pause.

MAXIMILIAN: Ja, mein Dirndl.

Marisa und Maximilian fangen gleichzeitig zu lachen an.

GASTWIRT: *erscheint, legt zwei Speisekarten auf den Tisch* Grüß Gott miteinander!

Pause.

MAXIMILIAN: Gibt es hier noch eine andere Attraktion? *Sich korrigierend.* Außer Spargel, meine ich.

GASTWIRT: Die Attraktion, glaube ich, haben Sie schon dabei! *Schmunzelt.* Was darf es denn sein?

Marisa und Maximilian bestellen Spargel und Wein.

GASTWIRT: Sonst noch was?

Marisa schüttelt den Kopf.

MAXIMILIAN: Nein, Danke.

Gastwirt verschwindet mit den Speisekarten.

MAXIMILIAN: *deutet auf Marisas Handgelenk* Wie spät haben wir eigentlich?

MARISA: *schaut irritiert an ihrer Armbanduhr vorbei auf den Boden* Ah, ein Silberfischchen!

Pause.

MAXIMILIAN: *folgt Marisas Blick* Wir haben einmal in einer Wohnung Silberfischchen gehabt. Keinen Balkon, aber Silberfischchen in der Wohnung!

MARISA: Wo Silberfischchen sind, ist die Wohnung gesund.

MAXIMILIAN: *überrascht* Wie kommst du darauf?

MARISA: Wir haben einmal Silberfischchen gehabt, und wenn ich am Morgen aufgestanden bin, hab ich immer ein paar im Badezimmer gesehen. Wenn ich heute welche sehe, mache ich sie nicht kaputt.

MAXIMILIAN: Wer sagt, dass Silberfischchen harmlos sind?

MARISA: Das ist kein Ungeziefer.

Gastwirt erscheint mit den Getränken.

MAXIMILIAN: *an den Gastwirt gewandt* Was sagen Sie, Silberfischchen, sind die harmlos?

GASTWIRT: Silberfischchen sind absolut harmlos. Ist eigentlich ein Zeichen dafür, dass viel nass gewischt wird. Also Feuchtigkeit. *Stellt die Getränke auf den Tisch.*

MAXIMILIAN: Das ist mir neu.

GASTWIRT: Wie gesagt, nicht angenehm, aber überhaupt nicht schädlich so ein Silberfischchen. *Dreht sich um und geht.*

Marisa und Maximilian prosten sich zu, trinken auf ihr Wiedersehen.

MAXIMILIAN: Wo ist das Silberfischchen?

MARISA: Das ist längst über alle Berge!

Maximilian steht unschlüssig auf.

MARISA: Was ist?

MAXIMILIAN: *setzt sich wieder* Was wollte ich jetzt?

MARISA: *lächelnd* Mir geht es auch manchmal so.

Pause.

MAXIMILIAN: Marisa, du gehörst zu den wenigen Menschen, denen ich vertraue.

Pause.

MAXIMILIAN: Du warst immer offen, hast manchmal Sachen gesagt, die ich nie gewagt hätte zu sagen.

MARISA: Aber ich?

GASTWIRT: *erscheint mit einem Topf Spargel, stellt ihn auf den Tisch, verschwindet, kommt mit Teller, Besteck und Servietten zurück* Bitte sehr!

MAXIMILIAN: Ah, die Attraktion!

Gastwirt legt Teller, Besteck und Servietten auf den Tisch.

MARISA: Stimmt es, dass Sie aufhören?

GASTWIRT: Ja – wir hören auf.

MAXIMILIAN: Warum, wenn man fragen darf?

GASTWIRT: *mit verschränkten Armen* Weil es langt uns, voll und ganz. Wir haben das Lokal dreißig Jahre, aber jetzt reicht's.

MARISA: Was machen Sie dann?

MAXIMILIAN: *schmunzelnd* Geld zählen?

GASTWIRT: *an Marisa gewandt* Wir wollen raus aus dem Geschehen, weil im Gastgewerbe hat man keine Freizeit mehr. Irgendwann ist es so weit, dass man sagt, jetzt reicht's! Wir müssen auch mal wieder Zeit für uns haben.

MARISA: Also dann, alles Gute!

GASTWIRT: *im Weggehen* Vielen Dank.

Marisa und Maximilian fangen zu essen an, und unterhalten sich dabei.

MARISA: Wie ist es dir beim Fahren ergangen?

Pause.

MAXIMILIAN: Ich habe nur Landstraßen genommen, nicht die Autobahn.

Pause.

MARISA: Viel Verkehr?

Pause.

MAXIMILIAN: Nein, eigentlich nicht.

Pause.

MAXIMILIAN: Als ich aber dann auf die Stadt zukam, wäre ich beinahe erschrocken.

Pause.

MARISA: Wieso?

Pause.

MAXIMILIAN: Weil ich gleich als Erstes dieses alles überragende Hochhaus gesehen habe, in dem ich einmal gewohnt habe, ganz oben, im achten Stock. Meine wilden Jahre, sozusagen!

Pause.

MARISA: Weißt du, was das Genie gesagt hat?

Pause.

MAXIMILIAN: Das kann ich mir denken.

Pause.

MAXIMILIAN: *vorwurfsvoll* Wie sie mich ausgetrickst haben, nichts mehr zu tun haben wollten mit mir. Du warst nie zu Hause, haben sie gesagt. Aber das stimmt nicht, ich war oft zu Hause! Ein Anruf hätte genügt, und ich wäre gekommen. Dabei hatten sie bereits alles aufgeteilt unter sich.

Pause.

MARISA: Da musst du jetzt durch.

Pause.

MAXIMILIAN: Ja, entweder ich gehe zu Grunde, oder gestärkt daraus hervor!

*Marisa und Maximilian heben ihre Gläser,
prosten sich zu.*

MARISA: Und wie geht es Rita?

Pause.

MAXIMILIAN: *leicht verlegen* Nur im Urlaub
streiten wir uns nicht.

Pause.

MARISA: Ich hatte nie Streit mit meinen
Männern, ich kann das Streiten nicht.

Pause.

MAXIMILIAN: Auch nicht, wenn es um Besitz
geht?

Pause.

MARISA: Klar, da muss man einen Schnitt
machen. Aufhören, und Schluss! Ich habe
mit Karl auch Aufgehört, der wollte mich
besitzen!

Pause.

MARISA: Der hat gesagt, dreißig Jahre hat dich der Klaus gehabt, bis zum Rest deines Leben gehörst du mir. Er ist immer wieder gekommen und hat gesagt, ich liebe nur dich. Und ich werde dich immer lieben!

Pause.

MAXIMILIAN: Ich habe mein Musikerdasein genossen. Damals hab ich gemacht, was ich wollte. Eine feste Beziehung kam nie in Frage. Was meinst du, wie viele Frauen es auf mich abgesehen haben – dann kam Rita!

Marisa und Maximilian essen schweigend weiter.

Schließlich legen sie Besteck und Servietten auf den Tisch, beginnen wieder zu sprechen.

MARISA: Wie sieht es mit Sport bei dir aus?

Pause.

MARISA: Alle wollen große Skifahrer sein.

Pause.

MAXIMILIAN: Das hat mich nie interessiert.

Pause.

MARISA: Aber viele sind ganz verrückt danach.

Pause.

MAXIMILIAN: Süchtige gibt es überall!

Pause.

MARISA: *geradeheraus* Habt ihr noch Sex?

Pause.

MAXIMILIAN: *ausweichend* Wie du das sagst!

Pause.

MAXIMILIAN: Wenn ich daran denke, wer wen ausgeschmiert hat früher. Oft waren es Frauen, von denen ich das nie gedacht hätte! Die schönsten Frauen haben ihre Männer betrogen, nur weil das Fremde interessanter war für sie.

MARISA: Das musst du anders sehen. Vielleicht wollten die Frauen immer schon einen anderen Mann. Aber nein, erst muss geheiratet werden, aus welchen Gründen auch immer.

Pause.

MARISA: Bei meiner Mutti war es ähnlich. Die hat am Anfang einen anderen Freund gehabt. Aber das Omale hat alle Briefe von ihm verbrannt!

Pause.

MARISA: Dabei hat mein Vati eine andere Frau verehrt. *Schmunzelnd.* KLEINE ANNABELL – MUSST NICHT TRAURIG SEIN – hat er immer gesungen.

Pause.

MARISA: Komisch, dass dem Omale mein Vati recht war, das war ja ein ganz armer Teufel damals. Der andere Mann hat ihr wahrscheinlich nicht gepasst, also hat sie seine Briefe verbrannt.

Eine Frau geht im Hintergrund vorbei. Marisa schaut erstaunt. Die Frau dreht sich um, bleibt stehen.

MARISA: Ist das nicht? *Verunsichert.* Jetzt weiß ich den Namen nicht mehr.

Pause.

MARISA: *an Maximilian gewandt* Ein bekanntes Model war das früher.

Pause.

MODEL: *Marisa betrachtend* Wahnsinn! Ich habe die Stimme gehört und mir gedacht, die Frau kenne ich doch.

Pause.

MARISA: Ja, genau, wie geht es Ihnen?

Pause.

MODEL: Momentan nicht so gut, ich muss zum Hautarzt.

MARISA: Es ist noch gar nicht so lange her, da

hatte ich auch einen Termin.

Pause.

MARISA: *an Maximilian* Ich hatte Flecken am Arm. Nachdem ich so viel abgenommen habe, ist alles ganz faltig geworden an mir.

MODEL: Ich glaube, Sie sind etwas jünger als ich.

MARISA: Ein paar Jahre, höchstens.

Pause.

MARISA: *Maximilians Hand streichelnd* Das ist ein guter Freund von mir. Der hat mich heute besucht.

MODEL: Schön!

MARISA: Er kommt leider viel zu selten.

MODEL: Wenn ich an meine Verwandtschaft denke, die sind alle weit verstreut.

MAXIMILIAN: Kommen die nicht zu Besuch?

MODEL: *lacht verlegen* Eigentlich nie!

Marisa stößt Maximilian an den Fuß.

Maximilian blickt unter den Tisch.

MARISA: Ah, das war ich. Entschuldigung!

MAXIMILIAN: Ich glaube, wir sollten mal aufstehen. Oder?

MODEL: Aufstehen, und ein paar Schritte gehen, ja.

MARISA: Nein, ich bin erst operiert worden am Fuß.

MODEL: Schlimm?

MARISA: *beschwichtigend* Es ist fast schon vorbei!

MAXIMILIAN: *an das Model gewandt* Wollen Sie sich nicht setzen?

MODEL: *lächelnd* Nein, mir gefällt es hier.

MARISA: *steht langsam auf* Das kommt vom langen Sitzen!

MODEL: Ja, da muss man immer mal aufstehen.

Marisa streicht ihren Rock zurecht, setzt sich wieder.

MODEL: Also, es hat mich gefreut, mit Ihnen zu plaudern.

MARISA: Wenn wir uns mal in der Stadt treffen, trinken wir einen Kaffee.

MODEL: Genau, das machen wir!

MAXIMILIAN: *in die Runde blickend* Ach, ich muss ja noch bezahlen!

MARISA: *an das Model* Ich trinke fast nur Wasser, wegen der Tabletten, aber heute habe ich mir ein Glas Wein genehmigt.

Pause.

MARISA: Mein Omale hat immer gesagt, fünf Sachen soll man befolgen, wenn man ein gesundes Herz haben will.

MODEL: Und was wäre das?

MARISA: Alle Tage ein Glas Wein.

MODEL: Ja, das habe ich schon mal gehört.

MARISA: Gutes, und gesundes Essen.

Pause.

MARISA: Viel trinken, sehr wichtig.

Pause.

MARISA: Und mehrmals in der Woche Sex.

MODEL: *fängt hellauf zu lachen an* Ja, genau!

MAXIMILIAN: *schmunzelnd* Liebe hat das früher geheißen.

MARISA: *überlegt* Was war das Fünfte gleich wieder?

MODEL: Auf alle Fälle sehr vernünftige Sachen!

MARISA: Ja, sehr vernünftig.

MODEL: *lacht* Genau, die befolgt man auch gerne, normalerweise.

Pause.

MAXIMILIAN: *an das Model* Wie war das gleich wieder?

Pause.

MODEL: Was?

Pause.

MAXIMILIAN: Drei Dinge braucht der Mann.

Pause.

MAXIMILIAN: GILRS! GIRLS! GIRLS!

Pause.

MODEL: *wieder hellauf lachend* Gut, das muss ich mir merken!

MARISA: Girls? Girls? Girls?

MODEL: Ja, das sagt alles! Ja, ja!

Gastwirt erscheint, bleibt vor dem Tisch stehen.

Model geht zur Seite.

GASTWIRT: Und, hat es geschmeckt?

MARISA: Ja, sehr gut.

Pause.

MAXIMILIAN: *kopfnickend* Ja, ich möchte dann zahlen!

Gastwirt geht wieder.

MODEL: *macht eine Bewegung, als wollte Sie sich wegschleichen* Was, Ihr habt noch nicht bezahlt?

MARISA: *grinst* Ein Bekannter von mir hatte eine Wirtschaft, wenn sich da einer davonmachen wollte.

Pause.

MODEL: Ja?

Pause.

MARISA: Ganz still und leise.

Pause.

MODEL: Aha!

Pause.

MARISA: Dann hat er laut hinterhergerufen.

Pause.

MODEL: Was?

Pause.

MARISA: ENTSCHULDIGUNG, ABER SIE HABEN IHR WECHSELGELD VERGESSEN!

Model fängt wieder zu lachen an.

MARISA: Dann ist er schnell zurückgekommen.

MODEL: Genau! Gut gesagt!

Gastwirt erscheint mit Rechnung.

MODEL: *macht einen Schritt zur Seite* Also dann, auf Wiedersehen!

MARISA: Ja, bis bald.

MAXIMILIAN: Alles Gute!

Model verlässt den Raum.

Gastwirt reicht Maximilian die Rechnung.

MAXIMILIAN: *legt zwei Geldscheine auf den Tisch* Stimmt so!

GASTWIRT: Vielen Dank.

MAXIMILIAN: Bitteschön!

Gastwirt räumt den Tisch ab.

Maximilian und Marisa schauen sich belustigt an.

Vorhang.

Dritter Akt

Große Terrasse. Zwei Gartenstühle auf denen Marisa und Maximilian sitzen. Sonnenschirm. Tisch. Hauswand als Hintergrund mit Tür und Fenster. Mildes Sonnenlicht.

MAXIMILIAN: *steht auf* Sie eifert!

MARISA: Wer, Rita?

MAXIMILIAN: *hin und her gehend* Ja.

MARISA: Dann gib ihr halt einen Grund dafür!

MAXIMILIAN: Ich weiß nicht.

MARISA: *fordernd* Was weißt du nicht?

MAXIMILIAN: *bleibt stehen* Gestern hat sie Fleischpflanzl gemacht, und die macht sie sehr gut, nur vergisst sie oft den Salat dazu. Aber das war es nicht, ich hab nur gesagt, bitte ohne Knoblauch, ich besuche morgen Marisa!

MARISA: Und?

MAXIMILIAN: So lange du ihr keinen Zungenkuss gibst, macht es ja nichts, meinte sie.

MARISA: *ihre Hand vor den Mund haltend* Bin ich ihr etwa ein Dorn im Auge?

MAXIMILIAN: Das würde sie nie zugeben. *Macht einen Schritt, bleibt wieder stehen.* Willst du mitfahren, hab ich gefragt. Nein, hat sie gesagt. Nein!

Pause.

MAXIMILIAN: Sie muss erst die Große von der Schule abholen, dann die Kleine vom Kindergarten.

MARISA: Magst du denn keine Kinder?

MAXIMILIAN: Doch, aber zu den Rechten gehören auch Pflichten! Ich hab es ihr hundert Mal gesagt, aber sie lässt ihnen alles durchgehen – Alles!

MARISA: Und was machst du dagegen?

MAXIMILIAN: *weiter hin und her gehend* Kinder können grausam sein. Früher war es nicht richtig, und heute erst recht nicht. Damals hat die Oma Briefe verbrannt.

MARISA: Ich weiß, was du meinst. Vielleicht war ihr ein fleißiger Arbeiter lieber, als einer der nur Briefe schreibt. Es war auch eine ganz andere Zeit.

MAXIMILIAN: *bleibt wieder stehen* Die Zeit, ja, das sagt sich so leicht, aber es war nicht die Zeit. Es sind immer die Menschen, die die Welt verändern. Und heute ist alles erlaubt. Dabei leben die Leute gar nicht mehr, hast du das noch nicht bemerkt?

Pause.

MAXIMILIAN: Diese Patrioten, die immer das Wort Demokratie in den Mund nehmen, sind am schlimmsten. Übernehmen blind eine fremde Sprache, bilden sich noch wunder was darauf ein!

MARISA: Ich habe gar nicht gewusst, dass du politisch so engagiert bist?

MAXIMILIAN: Das bin ich nicht, ich muss mich nur manchmal so ärgern. GIRLS DAY zum

Beispiel, oder KIDS. Hätte ich nichts anderes zu tun, ich würde die Leute aufwiegeln gegen die Sprachverhunzer!

Pause.

MAXIMILIAN: *sich selbst unterbrechend* Jetzt fällt es mir wieder ein.

Pause.

MARISA: Was?

MAXIMILIAN: *macht ein paar Schritte* Als dich Rita zum ersten Mal gesehen hat, hat sie gefragt, was ist das eigentlich für eine, diese Marisa? Marisa, habe ich gesagt, das ist eine ganz liebe.

Pause.

MAXIMILIAN: *bleibt wieder stehen* Dann hab ich es ihr gesagt.

MARISA: Was hast du gesagt?

MAXIMILIAN: Dass wir uns als Kinder einmal in der Kirche geküsst haben.

Pause.

MAXIMILIAN: Und jetzt wirft sie mir das
vor!

Pause.

MARISA: *beschwichtigend* Ich erzähle
auch manchmal so Sachen, völlig
gedankenlos.

Pause.

MAXIMILIAN: Aber nein, sie muss es mir aufs
Tablett legen. *Nachäffend.* So lange Sie dir
keinen Zungenkuss gibt!

Pause.

MAXIMILIAN: Ich habe sehr lange gebraucht,
bis ich mich davon befreit habe. Weil ich immer
geglaubt habe, es ist eine Sünde.

MARISA: Ich auch. Vor jedem Feldkreuz habe
ich mich bekreuzigt.

Pause.

MAXIMILIAN: Wenn ich mit dem Fahrrad unterwegs war, hab ich aufgepasst, ob jemand kommt, den ich grüßen muss. Vor lauter Grüßen hab ich manchmal nicht mehr gewusst, wo ich bin – ist das auf der anderen Straßenseite der Herr Doktor, der Herr Pfarrer oder der Herr Lehrer? Alle andern waren immer wichtiger als ich!

Pause.

MAXIMILIAN: In der Schule gehörte ich zu den Unruhestiftern, obwohl ich nichts angestellt habe. Ich war ein lebhaftes Kind, nur durfte man das damals nicht sein!

Pause.

MARISA: Ich habe in der Schule einmal eine Ohrfeige bekommen. Das habe ich zuhause dem Vati erzählt, der ist gleich zu unserer Lehrerin gegangen und hat sich beschwert.

Pause.

MAXIMILIAN: Ich glaube, du bist viel freier aufgewachsen, hast das nicht gekannt. Diesen

Druck und Zwang, dieses Stillsein und nichts sagen dürfen. Diese Unterwürfigkeit!

Pause.

MARISA: Der Vati hat mich schon manchmal hängen lassen, wenn mich die Mutti geschimpft hat, da hat er mich nicht verteidigt.

Pause.

MAXIMILIAN: Weißt du, dass ich noch zweimal im MARATONGA war, dich aber nie mehr gesehen habe?

Marisa fängt zu lachen an.

MAXIMILIAN: *setzt sich wieder* Warum lachst du?

MARISA: Weil ich im CANTERVILLE war.

Pause.

MAXIMILIAN: Ja, natürlich!

MARISA: Schade, wir hätten tanzen können.

MAXIMILIAN: Du und ich?

Eine schwarze Wolke verdunkelt die Terrasse.

Maximilian hebt seinen Kopf.

MARISA: Was ist?

MAXIMILIAN: Weißt du, an was ich gerade denke? Mein Vater hat mir oft so ein Lied über eine kleine weiße Wolke vorgespielt, dass ich immer ganz traurig wurde.

Pause.

MAXIMILIAN: Einmal wollte ich dich besuchen, bin ins Auto gestiegen und losgefahren. Und während der ganzen Fahrt hab ich an dich gedacht!

Pause.

MAXIMILIAN: Ich weiß gar nicht mehr, warum ich dich besuchen wollte.

Die Sonne kommt wieder durch.

MAXIMILIAN: Als ich angekommen bin, war das Haus zugesperrt.

MARISA: Niemand zuhause?

MAXIMILIAN: Nein, ich bin dann zur Jagdhütte gefahren, wo wir uns manchmal getroffen haben, aber auch dort warst du nicht. Ich wurde müde, hab mich hingesetzt und bin eingeschlafen. Auf einmal hab ich mich als Kind gesehen, allein auf einer großen Schaukel. Die Knie zerschunden, und überall Blut. Aber ich habe nichts gespürt.

Pause.

MAXIMILIAN: Als ich aufgewacht bin, dachte ich, die Zeit wäre stehengeblieben. So habe ich weiter gewartet.

Pause.

MARISA: Auf wen hast du denn gewartet?

Pause.

MARISA: Auf mich?

Pause.

MAXIMILIAN: *Marisa betrachtend* So wie du jetzt aussiehst, würde ich dich gerne einmal fotografieren!

Pause.

MARISA: Hast du denn einen Fotoapparat dabei?

Pause.

MAXIMILIAN: Ja – auch ein altes Fotoalbum.

Pause.

MARISA: *fast vorwurfsvoll* Warum zeigst du mir dann die Sachen nicht?!

Während Maximilian aufsteht und zum Auto geht, fährt wieder eine schwarze Wolke über die Terrasse. Marisa geht zum Tisch, macht eine langsame Umdrehung, setzt sich. Maximilian kehrt mit Kamera und Fotoalbum zurück, nimmt lächelnd neben Marisa Platz.

MARISA: *mit der Hand über das Album streichend* Schöne alte Bilder?

Pause.

MAXIMILIAN: *geschäftig* Wir müssen vorher noch ein Foto machen!

Pause.

MAXIMILIAN: Schau, erst fotografiere ich dich, dann machst du ein Bild von mir. Und am Schluss kleben wir sie zusammen. Das ist interessanter als die neuen Selbstauslöser!

Pause.

MARISA: Warum besuchst du mich eigentlich nicht öfter?

Maximilian öffnet das Album, klappt es wieder zu.

MARISA: Braucht man immer einen Grund?

Maximilian hantiert an seiner Kamera.

MARISA: *steht auf* Schau, ich kann schon tanzen. *Dreht sich langsam im Kreis.*

MAXIMILIAN: *auf den Auslöser drückend* Du überrascht mich immer wieder!

MARISA: Wann hab ich dich denn zuletzt überrascht?

MAXIMILIAN: Gerade, jetzt!

Pause.

MARISA: *setzt sich wieder* Schauen wir das Album an?

MAXIMILIAN: Machen wir noch ein Foto! *Steht auf und drückt auf den Auslöser.*

MARISA: *belustigt* Das wird was werden.

MAXIMILIAN: Und ob! *Fotografiert nochmal.*

MARISA: *geht in Positur* Noch eines, aber dann ist Schluss. *Nimmt Maximilian die Kamera aus der Hand, fotografiert ihn, gibt ihm die Kamera zurück.* Vielen Dank, Herr Fotograf!

Pause.

MAXIMILIAN: *die Kamera betrachtend*
Erinnerst du dich an einen Menschen, den du
verehrt hast in deinem Leben?

Pause.

MARISA: Meinen Vati vielleicht.

MAXIMILIAN: Bei mir war es eine Lehrerin.
Die habe ich geliebt. Ich glaube, sie mich auch.
Der Maximilian kann so schön singen, hat sie
immer gesagt.

Pause.

MAXIMILIAN: Das war in der ersten Klasse.

Pause.

MAXIMILIAN: *steht auf, fängt zu singen an*
DER JÄGER AUS KURPFALZ – DER REITET
DURCH DEN GRÜNEN WALD UND
SCHIESST DAS WILD DAHER – GLEICH
WIE ES IHM GEFÄLLT. Und alle Schüler
haben mitgesungen: HALLI – HALLO – GAR

LUSTIG IST DIE JÄGEREI ALL HIER AUF
GRÜNER HEID – ALL HIER AUF GRÜNER
HEID!

MARISA: *Beifall klatschend* Bravo!

MAXIMILIAN: *setzt sich wieder* Sie hat das
gefördert! Bei ihr gab es kein böses Wort. Sie
war auch die einzige, die meinen Namen richtig
ausgesprochen hat. Bei den andern war ich nur
immer der Maxl.

Die Sonne kommt wieder.

Maximilian öffnet das Fotoalbum.

MARISA: Bist du das?

MAXIMILIAN: Ja – mein erster
Schultag!

MARISA: Und wo ist die Lehrerin?

MAXIMILIAN: Leider gibt es kein Foto
von ihr.

Pause.

MAXIMILIAN: *weiterblätternd* Da bin ich Ministrant.

Pause.

MAXIMILIAN: Und hier beim Hopfenzupfen.

Pause.

MARISA: Hübscher Bub.

MAXIMILIAN: Nein, braver Bub. Einer, der sich nichts sagen traut!

Pause.

MAXIMILIAN: *nachdenklich* Ich glaube, wir hören wieder auf.

MARISA: Wieso?

MAXIMILIAN: *drückt auf den Auslöser* Weil wir schon alt sind.

Pause.

MARISA: Ich mag aber alte Leute.

Pause.

MAXIMILIAN: *in Fotografenmanier* Bleib so! *Drückt mehrmals auf den Auslöser.*

Pause.

MARISA: Alte Leute habe ich immer schon gemocht.

Pause.

MARISA: Das Omale zum Beispiel.

Pause.

MARISA: Ich bin auch beim Frauenbund.

Pause.

MAXIMILIAN: Und da gehst du hin?

MARISA: Jeden Montag.

MAXIMILIAN: Darf ich dich einmal begleiten?

MARISA: Nein, nur Frauen!

Pause.

MAXIMILIAN: *blättert im Album* Weißt du, wer das ist?

Pause.

MARISA: Du allein auf einem Berggipfel!

Pause.

MARISA: Ich war auch einmal auf einem Berg. Da war ich zwölf oder dreizehn. Mein Vati hat mit einem Arbeitskollegen eine Bergwanderung gemacht. Sie haben sich hingesetzt, Schinken, Käse und Brot aus dem Rucksack geholt, und ich hab mir gedacht, warum gehen wir nicht gleich in eine Wirtschaft? Ich hab nicht verstanden, dass die Brotzeit für sie das Schönste bei dieser Bergwanderung war.

Pause.

MARISA: Ich bin dann allein vorausgegangen. Da ist mir ein Amerikaner entgegengekommen.

MAXIMILIAN: Woher hast du denn gewusst, dass es ein Amerikaner war?

MARISA: Er hat ein englisches Lied gesungen. Und eine Uniform angehabt.

Pause.

MARISA: Plötzlich ist er stehengeblieben, hat mich in die Arme genommen – und mir den ersten Zungenkuss meines Lebens gegeben!

Pause.

MARISA: Dann bin ich weitergegangen.

Pause.

MAXIMILIAN: Ganz benebelt, oder was?

Pause.

MARISA: Nein, ich weiß gar nicht mehr, was nachher war.

Pause.

MAXIMILIAN: *schmunzelnd* Ja, ja!

Pause.

MARISA: Ich weiß es echt nicht!

Pause.

MARISA: Ich hab den Mann nie mehr gesehen.

Pause.

MAXIMILIAN: Nein?

Pause.

MARISA: Echt wahr!

Maximilian blättert weiter.

MARISA: Bist du das?

MAXIMILIAN: Ja, die Fotografin hat mir für die Aufnahme die Haare toupiert. Das Bild hing lange Zeit in ihrem Schaufenster. Aber ich wollte immer, dass sie es entfernt.

Pause.

MARISA: Und wer ist das?

MAXIMILIAN: Eine Freundin.

MARISA: Keine Liebe?

MAXIMILIAN: Wir haben uns nur heimlich getroffen. Wenn du weißt, was ich meine.

MARISA: Was meinst du?

MAXIMILIAN: *grinst* Sie war verheiratet, hat gesagt, ich lasse mich noch scheiden wegen dir!

MARISA: Das kenne ich.

Pause.

MARISA: Ich habe auch so Liebschaften gehabt.

Pause.

MARISA: Dann kam plötzlich Klaus daher. Ich hab zur Mutti gesagt, jetzt habe ich meine große Lieben gefunden. Und sie: Du kleines Matzl, du!

MAXIMILIAN: Matzl?

MARISA: Klaus heißt er, hab ich gesagt, er holt mich morgen vor der Kirche ab. Da hat sie gesagt, hoffentlich versetzt er dich! Weil ich bereits mit einem andern Jungen verabredet war.

Pause.

MAXIMILIAN: *mit dem Finger auf ein anderes Foto deutend* Das Mädchen hab ich verehrt, aber nichts ist daraus geworden. Das Mädchen daneben hat mich angesponnen, aber ich wollte nichts von ihr.

Pause.

MAXIMILIAN: Es gab auch eine Zeit, da war ich gegen alles. Gegen Krieg und Religion, gegen die ganze Gesellschaft!

Pause.

MAXIMILIAN: *weiterblätternd* Das ist so ein Foto aus jener Zeit.

Pause.

MARISA: Wow –

Pause.

MARISA: Vollbart, und lange Haare!

Pause.

MAXIMILIAN: Und hier kommt SIE.

Pause.

MARISA: Wer?

Pause.

MAXIMILIAN: Meine Traumfrau!

Pause.

MARISA: *überrascht* Das bin ja ich!

Maximilian klappt unerwartet das Album zu.

MARISA: Was ist jetzt?

Maximilian steht ruckartig auf, nimmt das Album und die Kamera unter den Arm.

MARISA: Willst du mich schon verlassen?

MAXIMILIAN: Ich?

Schwarze Wolken fahren über die Terrasse.

Maximilian legt das Album und die Kamera zurück auf den Tisch.

MARISA: Wir haben noch gar nicht getanzt.

Wind kommt auf.

MARISA: Tanzen wir!

Pechschwarze Wolken hängen über der Terrasse.

MARISA: *ausgelassen* MARATONGA!

Pause.

MAXIMILIAN: Du und ich –

Pause.

MAXIMILIAN: für immer?

Marisa und Maximilian umarmen sich, drehen sich im Kreis.

MARISA: Nicht aufhören!

Eine Windböe reißt den Sonnenschirm um.

MAXIMILIAN: Halt dich fest!

Sturm kommt auf.

Marisa verheddert sich im Stuhl.

MAXIMILIAN: Pass auf!

MARISA: *verzweifelt* Maximilian!

Sturmgeheul.

Ein greller Blitz.

Maximilian und Marisa taumeln über die Terrasse.

Finsternis.

Vorhang.

DENN NICHTS IST FÜR DIE EWIGKEIT
ALLES ANDERE NUR TRÄUMEREI

ADELHARD
WINZER
DIE SPRACHGRENZE
GESCHICHTEN. 2018. 184 SEITEN
BOD – BOOKS ON DEMAND,
NORDERSTEDT
ISBN 9783746087429

In mehr als hundert
ineinandergreifenden
Geschichten (die längste hat elf
Seiten, die kürzeste vier Zeilen)
wird anhand der Parabel, der
Groteske, der Fabel und der Übertreibung
von Personen und Ereignissen berichtet,
denen allen gemeinsam die Thematik
„In der Fremde" zugrunde liegt. Skizzenhaft,
lakonisch, phantastisch überhöht,
bis an die Grenzen der Erzählbarkeit.

„Ihre Texte haben lange auf meinem Schreibtisch
gelegen und ich habe immer mal wieder
hineingeschaut. Der Titel ‚Sprachgrenze' ist total
richtig gewählt. Alle Texte machen vor etwas Halt –
eine Wand? Ein Absturz? Ein Paradies? Das
wirkliche Leben? (was immer das ist). Man
wartet auf einen Durchbruch, aber er kommt nicht.
Sehnsuchtstexte! Sehnsucht sehnt sich nach
Erlösung. Aber was könnte das sein?
Gott? Die Liebe? Die Tat?"
Ruth Rehmann in einem Brief an Adelhard Winzer

„Deine Geschichten sind klasse,
sie ziehen den Leser in den Bann,
sind erschreckend ehrlich und hart,
sprachlich fein gesponnen."
Thomas Felber, Buchhandlung Lentner, München

„Ich finde Ihr Werk rundherum gelungen."
Wolfgang Weinkauf

ADELHARD WINZER
ANDREAS. REPRINT. 2019. 80 SEITEN
BoD – BOOKS ON DEMAND,
NORDERSTEDT
ISBN 9783749436804

„Dieses Buch wendet sich Problemen zu, wie
Jugendliche sie in unserer Gegenwart haben können:
der Zweifel am sogenannten Fortschritt, mangelnde
Verbundenheit mit der Natur, Missverstehen der
Erwachsenen im Hinblick auf jugendliches
Verhalten. Das Buch wird gewiß einen Teil von
älteren Kindern und Jugendlichen in
weiterführenden Schulen gut ansprechen."
Prof. Doktor Anton Reinartz,
VJA Nordrheinwestfalen

„Ein wichtiges Buch, insbesondere für Erwachsene,
denn hier können sie etwas erfahren über die Kluft,
die sie zwischen sich und den Kindern aufgebaut
haben und die Unkindlichkeit unserer Welt."
Klaus Friedrich, München

„In dem schmalen Büchlein steht Bedeutsames."
Reichenhaller Tagblatt

„Begegnung mit einem außergewöhnlichen Jungen."
Stuttgarter Nachrichten

„In einem langen Brief schreibt sich Andreas
all das vom Herzen, was ihn freut, aber auch was ihn
bedrückt, was ihm an den Erwachsenen nicht gefällt,
die schuld daran sind, dass Landschaften
zu Betonwüsten werden, die sich immer
streiten müssen, die Kriege führen ..."
Katholischer Kirchenanzeiger

„Das Buch habe ich bekommen und gelesen.
Es gefiel mir. Talentierter Mann!"
Stephan Sulke

ADELHARD WINZER
KRETHI UND PLETHI / DAS KORKENSPIEL
ZWEI STÜCKE. 2019. 124 SEITEN
BOD – BOOKS ON DEMAND, NORDERSTEDT
ISBN 9783750414716. AUFFÜHRUNGSRECHTE:
CANTUS THEATERVERLAG, ESCHACH

KRETHI UND PLETHI. DRAMOLETT

Ein Stück, das die Sprache zum Mittelpunkt hat. Befangenheit und Vorurteile der Menschen. Keine zwingende Handlung. LAYLA (schwarzhaarig) und SABRINA (blond), einheitlich gekleidet, sitzen Rücken an Rücken auf einer Bank, reden über eine fremde Person, stehen auf, gehen im Kreis, deuten mit den Händen, vermeiden es, sich dabei anzuschauen. Ort des Geschehens: Ein Kirchenplatz. Bühnenlicht, das, während sie sprechen, allmählich schwächer wird und den Schatten des Kirchturms näher bringt.

DAS KORKENSPIEL. DRAMA

Alf und Bianca haben ihre Stadtwohnung aufgegeben und versuchen in einem abgelegenen Bauernhof auf dem Land sesshaft zu werden. Eines Tages bekommen sie Besuch von Gitte und Ernst, einem befreundeten Paar aus der Stadt. Sie machen es sich bei Kaffee, Kuchen und Wein im Garten bequem, erzählen von ihren Reisen nach Asien, Österreich, Italien, Mexiko und New York. Während Alf und Bianca sich gegenseitig die Beweggründe ihres Neuanfangs zu erklären versuchen, schwärmen Ernst und Gitte von der ländlichen Umgebung. Ein harmlos erscheinender Nachmittag auf dem Bauernhof, bei dem es am Abend zur Katastrophe kommt.

ADELHARD WINZER
DER PENSIONIST
GESCHICHTEN
2019. 156 SEITEN
BOD – BOOKS ON DEMAND,
NORDERSTEDT
ISBN 9783749455041

Lieber Gott, ich fühle mich heute so einsam. Ich will mit Dir sprechen. Wo bist Du? Gehörst Du der Kirche, wie alle behaupten? Nein, von Gut und Böse wird da geredet, nicht von Gott. Als Kind haben mich alle erschreckt mit ihrer Hölle. Immerzu muss man dort bleiben, haben sie gesagt, wenn man die Gebote nicht einhält – bis in alle Ewigkeit! Der Gedanke hat mich beinahe verrückt gemacht als Kind, weil ich es verstehen wollte und doch nicht verstand. O Gott, ich fühle mich heute so einsam. Ich weiß nicht wohin. Die andern tragen Dich vor sich her wie einen Schild, schmücken ihre Bücher mit Bibelzitaten, weil sie selber nichts sind. Mich beschuldigen sie, weil ich nicht in die Kirche gehe. Nein, sie beten die Hostie an, den Altar, das Kruzifix, nicht Dich. Hast Du nicht zu mir gesagt, schau hin, wo andere wegschauen? Sei genau, sieh, was richtig ist und was nicht! O Gott, wo bist Du, ich will mit Dir reden. Hörst Du mich nicht?

„Das Surreale und manchmal das Widersprüchliche ist in den Texten von Adelhard Winzer zu finden. Immer wieder fordert er mich heraus über die Inhalte seiner Geschichten nachzudenken."
Heinz Steinbacher

ADELHARD WINZER
ITALIENISCHE SKIZZEN
PROSA
2020. 136 SEITEN
BOD – BOOKS ON DEMAND,
NORDERSTEDT
ISBN 9783750403208

Der Strand war menschenleer,
der Mond spiegelte sich im Meer.
Ich war hellwach, fing zu schreiben an.
Es war eine Nacht voller Einfälle,
Gedankensprünge. Ich wurde nicht müde.
Der Tag hatte noch nicht begonnen.

„Adelhard Winzers Skizzen benötigen
nur wenige Sätze und Zeilen, um eine
besondere Atmosphäre einzufangen,
über ein Empfinden Auskunft zu geben,
ein Erlebnis zu schildern oder einer
früheren Kränkung nachzuspüren.
Die Reflexionen aus einem an Erfahrungen
überreichen Leben schwingen zwischen den
Themen Sprachlosigkeit und Geschwätzigkeit,
Einsamkeit und Geselligkeit, Zweifel und
Gewissheit. Zudem erweist sich Winzer
als genauer Beobachter menschlicher
Schwächen, der eigenen genauso wie
denen der anderen. Über allem weht ein
Hauch von Melancholie, vermischt
mit italienischer Leichtigkeit."
Isa Schikorsky

ADELHARD
WINZER
STOCKHOLM BLUES
KURZPROSA
2018. 92 SEITEN
BOD – BOOKS ON DEMAND,
NORDERSTEDT
ISBN 9783752839814

Seit ich denken kann, will ich nach Stockholm.
Kennen Sie Stockholm? Ich war noch nie dort.
Es ist schön, wo ich wohne, ich vermisse nichts.
Also, sagen meine Freunde, was willst du
in Stockholm? Ich weiß nicht. Nachts erwache
ich aus meinem Traum, drehe mich auf
die andere Seite und denke, morgen gehe ich
nach Stockholm. Stets kommt etwas
dazwischen. Ich gehe zur Arbeit, ärgere mich,
gehe wieder nach Hause – schon ist der Tag
vorbei. Wie schön wäre es jetzt in Stockholm,
denke ich, warum bist du nicht nach Stockholm
gegangen! Ich war in Trinidad, ich war in
New York, aber was ist das im Vergleich
zu meinem Traum. Meine Freunde sagen,
geh in dich, vergiss dieses Stockholm,
es bringt dich noch um! Aber in Gedanken
bin ich in Stockholm. Ich weiß nicht warum.
Um was Neues beginnen zu können,
muss ich nach Stockholm. Kennen Sie
Stockholm? Waren Sie schon dort?
Heute wäre ein guter Tag,
um nach Stockholm zu gehen!

ADELHARD
WINZER
VENEDIG, VON HIER AUS
AUFZEICHNUNGEN
2019. 212 SEITEN
BOD – BOOKS ON DEMAND,
NORDERSTEDT
ISBN 9783749437481

Diese Arbeiten
folgen keinem
künstlerischen Konzept,
keiner Gesetzmäßigkeit, keiner
Logik im herkömmlichen Sinn.
Niedergeschrieben in einem Zug,
frei von ablenkenden Gedanken
oder Zugeständnissen an
eine literarische Form
enthält der Band
zweihundert Aufzeichnungen
aus dem Unterbewusstsein.
Allein das Aufhören
am Ende der jeweiligen
Notizbuchseite,
um erneut beginnen
zu können, galt als
Einschränkung beim
Schreiben dieser Texte.

ADELHARD WINZER
DIE KÜRZESTE
LIEBESGESCHICHTE DER WELT
GEDICHTE. 2020. 124 SEITEN
BOD – BOOKS ON DEMAND,
NORDERSTEDT
ISBN 9783750437289

*Zuerst wollte nur er
aber sie nicht dann
wollte sie aber er nicht
worauf auch sie
nicht mehr wollte*

„Die kürzeste
Liebesgeschichte
der Welt" erzählt von
knappen Augenblicken
des Liebesglücks, vor
allem aber von verpassten
Gelegenheiten, Missver-
ständnissen, Kränkungen
und Vorurteilen, die das
scheue Gefühl schnell wieder
vertreiben. Die Liebe – ersehnt,
erträumt, erhofft – und doch
zu flüchtig, um sie für
immer festzuhalten.

ADELHARD WINZER
LÜGENGESCHICHTEN
2018. 132 SEITEN
BOD – BOOKS ON DEMAND,
NORDERSTEDT
ISBN 9783752862102

Der Mond hat sieben Türen, sprach das Kind.
Ich lebe nicht hinter dem Mond, erwiderte
der Mann. Du hast keine Ahnung, meinte
das Kind, wenn der erst mal seine Hintertüre
aufmacht, beginnen die Menschen zu wackeln.
Von wegen wackeln, sagte der Mann. Ja,
wenn der Mond wirklich wollte, könnte
er die ganze Welt überschwemmen,
aber er hat Mitleid mit uns, vor allem
mit den alten Leuten. Ich bin nicht alt,
entgegnete der Mann. Für ganz Alte, sagte
das Kind, macht er die Vordertüre auf,
dort können sie hineingehen! Und das Kind
verschwand wie es gekommen war.
Blödsinn, dachte der alte Mann, drehte sich
auf die andere Seite, und konnte doch nicht
einschlafen. Seine Gedanken begannen
um den Mond zu kreisen, um die Erde,
um alte Leute. Schließlich träumte er,
durch eine große weite Türe zu gehen.
Alle Menschen machten ihm Platz,
verbeugten sich und riefen:
Wo warst du denn die ganze Zeit!

ADELHARD WINZER
GRUNDSÄTZE
ÜBER DIE KUNST
2018. 72 SEITEN
BOD – BOOKS ON DEMAND,
NORDERSTEDT
ISBN 9783748102038

*Schon als Kind versuchen sie
dich wegzubringen von dir selbst:
Die Wissenschaft, die Mode,
das Fernsehen, Religionen,
Parteien und Politiker. Alle sagen
sie: Glaub an mich! Glaub an mich!
Wer hat dir jemals gesagt:
Glaub an dich selbst!?*

*Der Sommer, das Fahrrad, Blätter im Sand,
der Wald und die Nacht und die Stimmen,
das Lachen, der Himmel, die Kräuter
und Beeren, Geschmack von Rauch
in der Luft, Pfennigstücke neben den
Eisenbahnschienen, die Wiesen, die
Äcker, die Farben, die Birken,
Getreidefelder im Wind, der
Hügel, der See, Nebel und Bläue,
Vater, Mutter, Winter im Land,
der Schal und der Schlitten,
Bruder, Schwester – gesehen
aus einem engen Raum.*

ADELHARD
WINZER
DIE KUNST DES
DRACHENTÖTENS
CAPRICCIOS
2020. 148 SEITEN
BOD – BOOKS ON DEMAND,
NORDERSTEDT
ISBN 9783751937122

*Der große Moment, wenn
jemand zu lachen anfängt,
einen Schritt auf dich zugeht,
ohne finstere Absicht. Was für ein
Augenblick! Die Gedanken,
die hin und her gehen.
Zuversicht oder Aufrichtigkeit?
Vertrauen oder Misstrauen?
Was hat das eine mit dem
anderen zu tun, der
endlose Monolog?*

„Die Kunst des Drachentötens"
handelt von Stimmen in der Nacht,
von Phantasien und Traumsequenzen,
teilweise surreal anmutend, mystisch,
absurd. Assoziative, vielsinnige
Gedankenketten, die in eigenwilligem
Rhythmus auf hintergründige, kaum
greifbare Weise die Ungewissheiten,
Unwägbarkeiten und Fragen
umkreisen, vor die das Leben
uns täglich stellt.

ADELHARD WINZER
LIEBLOSE ZEITEN
GEDICHTE. 2020
116 SEITEN. PAPERBACK
BOD – BOOKS ON DEMAND,
NORDERSTEDT
ISBN 9783750452015

*Nicht durch getreues Nachahmen
oder Beschönigen der Realität allein
durch Aufdecken und Hinterfragen
von Ungereimtheiten und Lügen
bekäme das Schreiben einen Sinn*

*Dein Wesen ist wie der Schatten
nein das stimmt nicht dein
Wesen ist nicht vollkommen
nur dein Schatten also
halte dich an den Schatten*

Wie lebt und liebt man in unseren
unsicheren Zeiten, in denen nichts
mehr gewiss ist? Wie wird man
gelassen und weise? Wie geht man
mit Ängsten und Sehnsüchten
um? Adelhard Winzer misstraut
einfachen Antworten. Seine
eigensinnigen Gedichte fordern
zum achtsamen Lesen, zum Mit-
und Nachdenken auf und lassen
dabei eine völlig neue Sichtweise
auf allzu Gewohntes und
Vertrautes entstehen.

ADELHARD WINZER
LIEBES, BÖSES KIND
DRAMA. 2020
88 SEITEN. PAPERBACK
BOD – BOOKS ON DEMAND,
NORDERSTEDT
ISBN 9783751976794

*Als Kind hatte ich so viel Liebe
in mir, mich gefreut über das
Schöne im Leben. Aber meine
Liebe wollten die Leute nicht.
Man muss seine ganze
Liebe geben, haben sie gesagt.
Aber das stimmt nicht, man
muss alles verheimlichen,
verstecken, wie im Krieg.
Wenn du zu viel Liebe gibst,
nehmen dich die Leute
nicht ernst. Liebe ist ein
Fremdwort. Liebe schreibt
man ganz anders!*

Ein Soldat kommt von einem
Einsatz zurück, der ihn die beste
Zeit des Lebens gekostet hat. Er
besucht das Oktoberfest. Trifft sein
zweites Ich. Begegnet unerwartet
einem Freund, der ihm ein Geschäft
vorschlägt. Findet sich in einem
Separee wieder. Besucht seine
Schwester. Kehrt endgültig
nach Hause zurück.